KB214123

해남 가는 길

열린시학기획시선 68

해남 가는 길

초판 1쇄 인쇄일 · 2013년 02월 14일
초판 1쇄 발행일 · 2013년 02월 25일

지은이 | 박병두
펴낸이 | 노정자
펴낸곳 | 도서출판 고요아침
편 집 | 김남규

출판 등록 2002년 8월 1일 제 1-3094호
120-814 서울시 서대문구 북가좌동 328-2 동화빌라 102호
전화 | 302-3194~5
팩스 | 302-3198
E-mail | goyoachim@hanmail.net
홈페이지 | www.goyoachim.com

ISBN 978-89-6039-494-0(04810)

열린시학 기획시선 68

해남 가는 길

박병두 시집

고요아침

오랫동안 시를 쓰지 못한 적이 있었다. 거리의 공기가 무겁게 가슴속에 내려앉았고, 나는 그 중력의 힘에 버거워 오랫동안 펜을 들지 못했다.

거리는 내게 출구가 보이지 않는 머나먼 미로만 같았다. 시인으로 가야 할 길과 직장에서 걸어가야만 하는 길이 서로 다른 길인 것만 같아서, 나는 중력의 힘에 더욱더 버거워해야만 했다. 그렇게 10여 년이 흘러갔다.

하지만 해마다 봄이 찾아왔다. 봄이 올 때마다 나는 가야만 하는, 갈 수 있는 곳의 지도를 그려보고 싶었다. 그리고 그 지도의 끝자락엔 항상 해남이 있었다.

내가 태어나 자라났던 곳인 해남은 유년의 기억이 살아 숨 쉬는 곳이다. 해남을 떠나온 지 30년이 지났다. 시를 쓴 지 20여 년이 훌쩍 지났고 어느덧 중년이 된 나는, 어쩌면 항상 해남 언저리를 맴돌았는지도 모른다. 아니, 해남에서 벗어나고 싶지 않았는지도 모른다.

봄이 오면 만물이 새 생명을 키우듯 해남은 나에게 언제나 시적 상상력을 북돋게 하는 곳이다. 펜의 무게가 점점 무겁게 느껴질 때마다 나는 해남으로 향하고 있었다. 꽃샘추위에 아랑곳하지 않고 꽃을 피우는 새 생명들처럼…….

10여 년 만에 내놓는 이 시집은 세상 모든 길들과 해남 사이를 오가던 내 기억의 습작이다. 갈수록 시가 사라지고 있는 세상이지만 이 시들을 여러분과 함께 나누고 싶다.

2013년 새 봄
해남 가는 길 위에서
박병두

■차례

제2부 흔들려도 꽃

제1부

해남 가는 길

자화상

저문 들녘 우는 소리 들리는가.
충청도에서 전라도로 경상도로
다시 전라도 해남땅까지
그렇게 해는 뜨고 지고
해질 무렵 내 그림자 속에서 가난을 보았다.
어머님은 상여 속에 가시고 영원히 돌아오지 못할
하늘에서 아직 바라보고 계시는데
낙엽 지고 해 지는 가을날
세월이 간다.

스크린이 속에 그림자를 드리운 나는 영화배우가 되고
공돌이생활 중 졸음으로 화재를 내고 죽을 만치 폭행을
당했다.
무수한 나날들이 낙엽처럼 쌓이고 쌓여
사도의 길로 경찰의 길로 작가의 길로 서 있으니
그렇게 그림자도 뜨고 지고
카메라 들고 해남을 찾고 섬을 찾았던 선박에서

이름 없는 절가에 머물던 아픔의 노래들
이 산 저 산 남겨두고 보니
내 자화상 얼굴에는 그늘진 낙엽들만 잔치를 한다.

문학이란 이름으로 세월이 가고
직업전선에서 학문을 이룬 어느 날
내 자화상의 얼굴에는 다시 봄날이 왔다.
한 해 지나 다른 새벽에는
이 세상 머물다간 아름다운 소풍이었다고
고백하고 싶다.

노을에 기억이 뜨고

해남 가는 길에 보았다.
이미 사라졌을 거라는
광주의 5월과 비명이
노을로 불타고 있었다.
죽음의 기억을 겹겹이 떠올리고
누가 노을빛 화염을 일으키는지
누가 저녁이면 거리에 나와 연쇄방화를 하는지
누구의 다비식을 하는지
해남 가는 길은 노을로 붉디붉었다.
내 유년의 기억이 불타오르고
금남로에서 총알 밥이 되어간
대학생이었던 사촌형이 스스로 분신하는지
뼈마디 마디가 불꽃을 일으키는지
해남 가는 길은 온통 붉디붉었다.

불타는 긴 그림자를 질질 끌고
해남으로 가는 길
마늘 순마저
붉디붉게 타오르고 있었다.

소쩍새가 길을 밝히고

소쩍새 한 마리가 밤을 지킬 때가 있다.
소쩍소쩍 하나둘 어둠을 읽으며
삼밭 위에 떠도는 별을
소쩍소쩍 울음으로 닦으며
밤귀 밝은 개마저 새근새근 잠든 밤
소쩍새 한 마리가 깨어 있을 때가 있다.
가도 가도 끝나지 않는 해남 가는 길
긴긴 겨울잠을 주무시는 어머니의 꿈속에서는
할머니가 꿈을 똑똑 뜯어내어 수제비 뜰 텐데
가도 가도 보이지 않는 해남 가는 길
밤이 너무 깊어 길을 물어볼 데 없어도
소쩍새 한 마리가 길을 지킬 때가 있다.
달빛 같은 울음으로
끝날 듯 끝날 듯
해남으로 이어지는 길을 밝힐 때가 있다.
누구의 원혼인지 소쩍새 한 마리로
소쩍소쩍 울며 캄캄한 길을 밝힐 때가 있다.

연어

해남에 가면서
해남에 가서 돌아오지 않는 그를 추억한다.
단숨에 청춘을 마셔버리고
낡은 지느러미를 푸덕이며
네가 말없이 거리를 박차고 떠난 날에는
첫눈이 이념같이 끝없이 내렸다.
네가 막차로 도착한 터미널까지 미행했던 어두웠던 날
생이란 어차피 모천을 찾아가는
연어 한 마리의 일생 같은 것이라며
해남을 향해
끝없이 저물어가고 싶다던 너의 말에
누구나 네가 떠날 것을 예감했지만
그렇게 빨리 떠나갈 줄은 몰랐다.
현실이란 고삐를 풀고
낡은 지느러미를 푸덕이며 네가 천천히 떠나갈 때
너를 붙잡아야 할 어떤 명분도
우리에게 없다는 것을 알았다.
네가 해남을 떠날 때 우유부단했던 우리는

한 마리 연어처럼 유영하지 못했다.
거친 물살을 거슬러 오르는 연어같이
너처럼 가쁜 숨을 몰아쉬고 해남 찾아가는 길
끝없이 비 내리고 있다는 해남에는
저녁 밥 짓는 연기가 자욱하겠다.

붉은 길

누가 저리 마음 붉어져 갔나.
해남 가는 길
해당화 붉게 피는
누가 저리 피 철철 흘리며 갔나.
노을마저 붉은

저물면 새떼가 갈대숲에 내려앉듯
저물며 저물며 해남 가는 길
해당화 붉게 피는

앞서 가는 그 누가 있기에
발자국 발자국마다
해당화 붉디붉은
휘날리는 노래마저 붉은

해남 가는 길은 끝날 수 없는 길이다.
끊어질 수 없는 길이다.
소쩍소쩍 붉디붉은

소쩍새 울음마저 붉은

발바닥에 잡힌 물집이 수없이 터지고
누가 앞서 가고 있는지
긴긴 그림자마저 붉은
해남 가는 길은 온통 붉은 길이다.

불멸의 길

해남 가면 꿈꾸고 꿈꾼다.
끝끝내 이름 하나 봉분으로 남겨졌지만
저 죽음마저 삭히고 삭혀
기어코 죽음을 툭툭 털고 일어나
녹음방초로 부활하길 바란다.
생이 순례의 시작이고
죽음이 푸른 순례의 길이라는 것을
저 나부끼는 풀이
저 허공으로 차오르는 새가
어둠을 헤치며 노래하지 않아도
뼈에 사무치기를 바란다.
생과 죽음을 씨줄과 날줄로 엮어
억겁을 건너고 건너
불멸의 사랑으로 가는 것임을
잊지 말길 바란다.

이 넓은 망망 세상에서
해남 가는 길

생과 사가 어우러져
저 묘지 위에 푸른 하늘을 담금질해 내어
머리에 이고 등에 지고
불멸의 청춘으로 가는 것임을
잊지 말길 바란다.
불멸의 길로 가는 것임을
잊지 말길 바란다.

그리움의 길

해남 가는 길
하늘에 자욱한 날벌레여
숨찬 생명의 춤이여
하루살이여
하루살이가 가진 하루 분의 욕망이여
하루 분의 인연이여
불구의 목숨이여

해남 가는 길
저 자욱한 제비 떼여
제비 떼가 물고 오는 푸르른 여름이여
장마며 태풍이여
젖은 우산이여
젖혀진 우산이여
빨강우산이여
노랑우산이여
우산을 받쳐도 젖어드는 몸이여
궤도를 이탈해 오는 저녁이여

유실되어 가는 이념의 밭뙈기여
모가지가 꺾이는 강아지풀이여

길이 끝날 때까지 동행을 고집하는 사이비 같은 웃음
이여
웃음 뒤에 가려진 눈물이여

해남 가는 길
가도 가도 가고 싶은
그리운 길이여

그곳에 가고 싶다

하늘 푸른 날
푸른 하늘 이고 지고 해남 가고 싶어진다.
몇 켤레 그리움을 갈아 신으며
쩔뚝거리며
하늘빛 물든 푸른 이마 꼿꼿이 세우고
하늘을 질경질경 씹으며
하늘빛 끝없이 되새김질하며
푸른 하늘 밀고 당기며
짙푸른 하늘에다 쑥떡을 먹이며
씨벌 씨벌 해남 가고 싶어진다.
로맹가리새처럼
해남으로 죽으러 가고 싶어진다.

해난의 길

해남 가는 길은 해난의 길인가
가도 가도 잠들지 않는 파도
가도 가도 멈추지 않는 멀미
순풍이 사라진 바다…
해남 가는 길은 해난의 길인가

길, 그리고 들꽃

들꽃이여, 유랑의 시간이 즐거운가?
언제나 첫차를 놓치지만
첫차를 타려던 희망은 놓치지 않았다.
여러해살이 혹은 한해살이 들꽃이여
흔들리던 들꽃의 그림자여
들꽃이여, 가자.
아직은 넉넉한 저녁이 있고
청정지구인 가슴에
새파란 파래 같은 그리움이 자라는 해남으로 가자.
들꽃이여, 아직도 유랑의 시간이 즐거운가?
산성비를 품은 구름이 북진해 온다는
일기예보는 정확하다.
폭풍은 숲을 짓밟고
이마에 생이파리 무수히 날리며
일식을 데리고 들이닥친다.
이념을 빨래하는 빨래터가 있고
참회의 무릎을 꿇을 수 있는 나무 그늘은 촘촘하다.
들꽃이여, 늙은 창녀가 너를 꺾어 머리에 꽂고

더 슬픈 노래를 부르기 전에
들꽃이여, 해남 가다 말고 주저앉아 있는 들꽃이여,
우리를 붙잡아둘 어떤 명분도 이 거리에는 없다고?
들꽃이여, 왜 망설이는가?
누구를 기다리느라 노을에 기대는가?

들꽃이여, 사랑을 찾아 나섰던
출애굽은 여기서 이제 막을 내려야 한다.
들꽃이여, 유랑의 시간이 즐거운
나의 들꽃
원수같이 사랑스러운 들꽃이여

어머니는 김매러 가시고

뭍을 향해
출렁이는 뱃머리 곁에서
흙 묻은 치맛자락 감싸 쥐시며
서른이 되어도 어린 아들만 걱정하시던
어머니

하늘과 맞닿은 밭 끝자락을 향해
하늘 끝까지 이어진 기인 이랑에서
어깨 한번 제대로 펴보지 못하시고
땅이 바로 하늘이라고
경배하듯 김을 매시던
산허리처럼 허리 굽은
내 어머니

뭍에 나가
첫 월급 타서 빨간 내복 사드렸더니
서른 되어도 어리기만 한 아들
그 품에 안겨보기도 전에

어머니
하늘이 바로 땅이라며
돌아올 수 없는 먼 곳으로
김매러 가셨네.

밭에서 돌아와
흙 묻은 치마 대신
삼베옷 한 벌 입혀드리고
어머니
멀리 김매러 가시는 길
서러운 눈물로
배웅해드렸네.

문상

어머니 눈 감으시던 날
석양에 붉게 빛나던
하늘이 사라지고
캄캄한 어둠이
죽음처럼 세상을 덮쳤다.

낙조처럼 고요히
어머니
마지막 숨을 내쉬고는
부둣가에 묶어둔
그 많은 세월을 풀어내어
영영 다시 오지 못할 세상으로
임종의 배를 띄우셨다.

어머니 눈 감으시던 날
거센 파도는
슬픔의 푸른 갈기를 달고
방문을 두들기며 서럽게 울다가

바다로 돌아갔다.

어머니 홀로
먼산바라기 하던 가난한 방문을 열면
별들은 가만히
어둠 속에서 기다리다가
애처로운 눈동자를 깜박이며
슬픈 눈으로 문상을 왔다.

어디로 갔을까

대중교통수단 잡을까. 사거리에서 조석으로 마음을 흔들던 날, 마을은 긴 잠을 자고 있었다. 승용차에 탄 아내와 나는 오징어 물고, 차창 너머로 긴 시간이 흘러갔다. 신록으로 무장한 고향 들녘에 일어서는 풀과 같이, 곱게 물든 단장短牆들을 지나, 고향의 추억을 떠올리며 황토 흙먼지 일으키고 해남으로 달려간다. 어머님 병환으로 눈물 흘리며, 리어카 거북이걸음도 바쁘게 울던 날, 유년의 아픈 추억들을 클래식 선율에 실어 해월리 바다에 묻는다. 어머님 밥숟가락으로 호되게 밥 먹던 누나의 세월도 옹고집으로 울어대며, 뱃머리언덕에서 줄행랑치던 등굣길, 내 추억의 바다는 이제 없다. 깊은 잠에 취해 있는 밤, 무엇이 서러워 옹달샘은 멈추지 않고 바다로 애정을 다 흘러버렸을까, 밤새워 연애하던 친구 하나둘 소식과 동네어른 안부를 물어볼라 치면 철썩철썩 파도가 모래사장을 휩쓸고, 밀물썰물 다녀간 뒤로 하나둘 사라진 추억, 해남 가는 자동차는 어깨를 들썩이며 흐느끼고 있었다. 담배 로고 옆 평상에 걸터앉아 울음을 그치지 못하는 자동차 바퀴를 달랜다. 몇 알 담은 쌀알들이 어머님 허리를 굽게 하고, 낙지와 문저

리 잡으러 나간 백동리 김 씨 아저씨는 소식이 끊어지고,
우리 집 앞마당 노도의 시샘은 다 어디로 갔을까.

고즈넉한 밤, 집 한 채에 불만 켜져 있고, 하루 종일 논일
다녀온 형님내외는 힘겨운 코를 골고, 문밖 개울가 논에서
울어대는 개구리소리, 진돗개는 꼬리만 흔들고, 문 여는
소리 들려오지만 어머님은 계시지 않고, 아버님만 텔레비
전 앞에서 졸고 계셨다.

눈길

마른 가지처럼 야윈 어머니
그 주름진 손 한 번 번번히 잡아드리지 못하고
고향 떠나던 날
하늘이 대신 진눈깨비로 울어주었네.

첫 월급 타서 내의 사드린다는 약속
회오리바람에 휩쓸려 날아가버리고
처음이자 마지막으로
누런 상여 옷 한 벌 해드렸네.

눈송이처럼 가벼워진 어머니
어이야 디이야 땅 아래 쌓이고
언 땅에 누이고 돌아오니
하늘이 먼저 아시고 흰 이불 덮어주셨네.

이방인

나는 길을 잃어버렸다.
익숙한 길을 잃어버렸다.
내 동무들과 뛰놀던 길
그러나 잃어버렸다.
낯선 도시의 신작로
어둡고 긴 터널로 나섰기 때문이다.
나는 두려웠다.
유년으로 돌아오는 길 내내
내 동무들이 두려웠고
마을 어른들이 두려웠다.
찾으려 해도 찾으려 해도
잡초들이 길을 막아서고 열어주지 않았다.
어둡고 긴 터널을 지나온 나를
잡초들이 용서하지 않았다.
사르트르의 소설 주인공 뫼르소가 되어버린 나는
있어야 할 자리를
너무 오래 비웠던 것이다.

부치지 못한 소포

밤새워 포장한 일들이
눈물로 채워졌다.
월급 한 푼 두 푼 모아두었다가
남들은 집도 장만하고
승용차도 장만했건만
나는 병중이신
내 어머님께 드릴
허기진 내의 한 벌 준비했다.
이제나 갈 수 있을까?
지는 해 달력을 찬찬히 바라보다
한 해 한 해 보내야만 했다.
접었다 말았다가 다시 곱게 접은
포장 끈 동여매면서
나는 생각했다.
어머님의 겨울을
나는 생각했다.
내일이면 어머님이 퇴원하실 것을

그때는 왜 못 갔을까?
독수리제복을 걸치고
매일 출근하던 날
우체국 앞으로 왜 못 갔을까?
어머님을 곱게 포장한 관이
수취인 불명의 깊은 지하로 어둡게 내려갔다.
어머님 내의가 주인 잃고 울던 날
부치지 못한 소포를 움켜쥔 나는
밤새도록 울었다.

해남연가

못 잊을 사람 하나 만나
내 고향 가는 길
계곡면 풀티재 잔등 길
백설 눈을 맞으며
엉금엉금 올라가던 때
뜻밖의 이름 모를 사람들
다투어 안부를 묻는다.
별빛이 비치면 옹기종기 만나
대화 나누는 이 많지만
대낮엔 폐허가 된 거리들로 조용하다.
풍요로움으로 가득 찬 인정들이
그녀와 다시 만날 때
기억속의 연가처럼 새록새록 되살아난다.
황토흙 묻은 버스타이어 배불리고 나면
오래 담은 묵은 김칫국물
향수보다 짙은 우리만의 노래
누구의 합창이었던가?
어색한 눈빛을 마주하고 노래를 불렀다.

비탈진 길
깊게 파인 발자국들로 가득한
황톳길로 버스타이어 지나가면
우리의 깊은 숙면을 깨우고
넘어질세라 살 부대끼며
애정을 나누던 시간이었다.
축복이라 할 수 없는 일들이
해월리 마을을 멀리 하다가도
밤 별빛을 타고 내 고향집마당에
흐릿한 촛불들이
고단한 아버지 콧잔등을 검게 태우고
어머니, 반가운 자식 맞으러
깊은 잠을 깨웠다.

이별

목포항에서 백마호 타고
연기 마시며 상공리 부두에 내리면
밀물과 썰물 따라
내리는 길도 달라진다.
너나할 것 없이
앞 다투어 뛰어가는 길
각자 제 길에 앉아
흔적 없이 멀어져 가는 것들과
이별하다가도
김 씨네 동네 마을이장의 긴 엠프 소리
누군가의 부고를 접하면
모두가 내 소식인 냥 흐느낀다.
하나둘 모여드는 헛바닥
살아온 일들을 칭찬하다가도
죽은 김 씨의 사연들에 모두 숙연해진다.
언제 우리가 이별하지 않으려 했던가.
준비되지 않는 이별을 준비하면서
다시 또, 마을 어귀를 휙 지나

흙탕물로 디자인한
해남여객버스에 오르면
어제의 아픈 기억들은
모두 잊어버린다.
겨울이 지나고 봄이 지나 여름이 오면
공부 잘하는 형들은 서울로 가고
공부 못한 나는 해남에 남았다.

설원

눈이 내리는 날에는
큰 집이든 작은 집이든
새집이든 낡은 집이든
모든 집들은 흰 집이 되었다.
흰 눈이 소복이 쌓이면
큰 집, 작은 집, 새 집, 낡은 집은
모두가 흰 눈을 덮고 잠을 잤다.
집 앞 바닷가에 외로이 선 채
눈바람 맞으며
누구를 기다리며 사는가.
고적한 시선만 흰 눈으로
하얗게 덧칠하고
앞마당에 우뚝 선 소나무
소복하게 눌러앉은 울먹인 애들 같다.
농사 끝나고 남은 비료포대에
지푸라기 한데 모아 처벅처벅 밟아 넣고
언덕배기 하나밖에 없는 마을길을
우리는 연신 휘젓고 썰매를 탔다.

동네어른들 빙판에 넘어져
읍내 병원에 입원하고,
뉘 집 놈의 자식들이라 칭하지 않아도
우리는 모두 죄인이 되어 집행당했다.
죄책감에 쉽사리 잠들지 못했던 밤,
간밤에 내린 눈으로 마을은 온통 흰 집이 되고
눈사람과 눈싸움 생각에
어두웠던 마음이 새하얘졌다.

가버린 친구에게

어디선가 휑하니 불어오는 바람 하나
너는 저승으로 가버린 지 오래
뭐 땜시 너는 아직 그 마을에 있는지.
어장 나가지 말라고 했째.
몇 마리 낚지도 못한 늘어진 그물 챙기더니
긴 바람은 잠도 자지 않고
너를 데려가고 말았구나.
친구여, 어디 있는가.
무수한 애깃거리들 실타래 멈추지 않았고
눈물의 바다 긴 장화 벗어놓지 않고
물장난 치던 우리의 바다는 이제 없다.
소여물 씹으며 울고 있던 어미암소 한 마리
구덩이에 진을 치고 앉아
일찍 여물 주고 나면
화투장 펴들고 삼봉에 육백에
우리는 라면 따먹기를 했다.
바다, 너를 삼킨 바다에서 바람이 또 불어와
서걱서걱 대숲의 대나무들이 운다.

어쩌자고 너는
겨울 지나 봄이 오고
여름 지나 가을이 오는 것도 모르고
우는 것인지.
친구야, 계절이 바뀌어도 바람이 또 불고 불지만
이제 편히 가거라.
영영 만나지 않아도 좋으니 잘 가거라.
너 없더라도 바다는 항상 그 자리에 있고
너의 묘지 앞에서 나는 간간히 울고 있다.
이제 편히 가거라.

어머니의 방

어머니는 겨울이 닥치면 대나무통을 세우곤 했다.
어장에 남은 붉은 노끈 몇 줄과
새끼줄들과 씨름하며
연결고리를 조심스럽게 건너가다 보면
고구마가 다 채워졌다.
아침에도 점심에도 밤에도
주식이 되었던 고구마는 인심도 참 많았다.
배추김치와 시금치와 함께
달착지근한 고구마를 먹다 보면
어머니는 코를 골고 주무셨다.
너덜너덜해진 몸뻬바지 속에
앙상해진 뼈를 얇게 감추고
드렁드렁 세월이 갔다.
육남매는 어머니 방에서 그렇게
소리 없이 자랐다.
논둑길에 설 때마다
생고구마 냄새가 몸에 배도
인적 끊어진 셋밖에서 세월을 잊는다.

정적한 밤,
어머니 방에 호롱불이 꺼지면
집 한 채만 외로이 서서
겨울바람을 막아주고 있었다.

무밭에서

파도에 일렁이는 바다
개간된 황토들판에서
마을사람들이 하루를 살아간다.
마을 산보다 덩치 큰 무들이
가난한 마을사람들을 불러들인다.
길고 긴 무밭을 오가느라 허기가 밀려오면
오리걸음으로 앉아 서걱서걱 씹다가
밤이 되면 불청객처럼 밀려드는
욱신욱신 쑤서대는 통증을 이겨내야 한다.
아침이면 황토들판 개간지로
다시 모여들어, 잰걸음으로 하루가 가면
배추 잎사귀를 한두 장 받았다.
통통배 타고 집으로 무사귀환하시고도
하늘색 교복주머니를 열고 꾹꾹 눌러
단추를 채우시던 어머니는
싸늘하게 누워 계셨다.
철없는 막내는 보리잎사귀 들고
하루 종일 뛰놀았고

세월은 무정하게 저만치 흘러갔다.
황토 무밭, 해남 산이면 덕호리 133번지
도무지 알 수 없는 무들은
앞서거니 뒤서거니 밭을 점거했다.
무가 자랄수록 어머니의 허리는 휘고
땅을 벗 삼아
무밭에 몸을 내주신 어머니

그해 겨울

겨울방학 때 시골집 가는 길
한 보따리 책을 보자기에 싸서
대흥사 두륜산 기슭 아래 수감되어
세포 하나둘 버리며 지낼 때
시름하던 일들, 부끄러운 일들, 감추고
알몸 내보이던 뒤로
흔적 없이 지나간 어느 노승의 발길
번뇌에 잡혀 있던 사랑을 놓치질
못했다던 이야기를 전해 듣고 잠 못 이루었다.
따뜻한 햇살 아래 촘촘히 젖어드는
마당에서 서정의 봄을 기다리다
싸늘한 절터 방 안으로 찾아온
희미한 재생의 기억들
알 수 없는 경지에 따라갈 수 없는
번뇌의 사연들로 겨울밤을 보내고
무성한 이야기들만 남겨 둔
그해 겨울,
유배 길에 내려앉은 노승의 흔적들

지금은 오래된 해남 땅
인적 끊긴 절 방문을 두드리는 눈보라
그리움 때문에 녹지 못한 고드름만 바라보며
눈물 같은 일들을 잊으려 했다.

성장기

해남 황산면 연호리 50번지
바다를 보려면 십 리나 걸어가야 할 때
비료값이 얼마인지 곡물수매가 뭔지도 몰랐지만
이름 모를 들풀처럼 나는 성장했습니다.
이별하는 이들이 저 멀리 떠날 때
어머님은 보자기에 나를 둘러메고
신안군 지도면 증도리에서 키웠습니다.
거센 파도에 휩쓸려 돌아오지 못한다는 전설을
기억하면서도 뱃머리에 우뚝 선 은행나무를 타고 오르
는
구렁이를 돌로 내리치면서 아이들과 나는
어머니들의 가슴에 골이 패이고 있다는 것을 모른 채 자
랐습니다.
비가 내리면 비약한 몸을 자랑이라도 하듯
철없이 고추 내놓고 펄떡펄떡 뛰어들던 증도리 바닷가
국민학교를 한 바퀴 휭하니 돌고,
다 젖은 몸으로 엄마 품에 안겨 까닭 없는
엄마의 눈물을 감상하며 엄마 품에서 외로움을 이겨냈

습니다.
　지금은 볼 수 없는 곳
　어머니의 가난한 젖꼭지를 만지지 못해 울다가
　아무렇지도 않게 흘러만 가는 구름을 무심히 보면서
　울컥 쏟아지는 가슴을 만지며
　내 하루가 지나갔습니다.

고구마의 진실

초가집 문틈 사이로 바람 찾아오고
소여물 끓이는 담장 밑으로
소 울음소리 요란하다.
문 밖으로 못난 얼굴을 잠시 내밀면
싸락눈 가늘게 내려
장작나무 내리쳐 겨울나기를 반복하면서
대나무 창살로 가둬 둔 고구마를 생각한다.
한 끼니 때우기를 벗 삼아 일용한 양식이었던
고구마를 깎고 쪄 먹으면서
배부를 때마다 고구마의 진실을 읽어간다.
뱃머리사람들 어장 줄고
빈 돛단배만 길을 잃은 채
겨울바람에 묶여 뻘 바닥에 서 있는
겨울나기 마을사람들, 시름의 눈물들을 그려보았다.
누구도 고구마의 진실이 허위라고 말하지 못할 때
마을에서는 박 선생 댁 아들의 생계방식을 부러워했다.
빈 공허만 밀려드는 마을에
소리 없는 연기 풀풀 날리고

누가 말하지 않아도 일제히 켜진 초롱불 아래
도란도란 희미한 연필로 일기장에
고구마의 진실을 캐면서
부르주아 냄새 때문에
이념도 없이 아파했다.

자취방

목포항 부두에 발 닿으면
해남 상공리로 출항한다는 선박 찾아
중학생 승선표에 이름 새기고
해남 찾아 떠 있는 파도 너머에
나 기다리는 마을 있어.
이름 없는 묘지들 밟고 걸어
영혼들만 흔적흔적 오랜 대화 나누면서
도깨비 나타난다는 산 고개 넘으면
등짝에 내린 식은땀 줄줄이 기억하면서
아버님과 저수지강변에서 베어냈던
식솔나무의 사연을 기억하네.
누구라도 이 길을 걷고 싶은 추억이 있겠건만
젖은 교복바지 아래로 김치항아리
다 흘러 바짓가랑이 적시고 나면
자취방 비누 떨어져 무채색이 될 때까지
오래도록 세숫대야에 담가 보지만
교정 사이를 오갈 때
동무녀석들이 놀려대면

오줌 물처럼 시린 눈물을 흘렸네.
빈방에 어머님 심원 그려보다가
김치항아리를 붙잡고 엉엉 울어버렸네.

구슬치기하자던 친구들은 어디서 무얼 하고 있을까.
석봉이는 김해공항에서 비행기와 놀고
성만이는 병원 차려 환자와 놀고
신권이는 고향에서 소방관으로 놀고
그네들도 어머니를 그리워하지 않았을까.
황톳길만 드문드문 남은
자취방으로 무거운 걸음들을 옮기던 날이면
구슬치기 동무들의 이름들을 불러보았네.

대흥사에서

여장을 풀고 두륜산 입구에서
안내지도를 펼치면서
밀려오는 생각들이 겹치기를 반복한다.
시나브로 영상들이 스쳐 지나간다.
울창한 긴 나무들 사이로 걷다 보면
신비한 대흥사만의 이야기와 만난다.
서로 부딪히고 빛을 숨겨
내 여린 살갗을 보호하고
바람 불어 차가운 냉기를 막아주던
대흥사 천변에 둘만 앉아 있다 보면
지나가는 모든 것들은 평화롭기만 해서
마음의 끝자락 묻어둔 여정이 아닐지라도
긴긴밤 대흥사는
그리운 이들의 이름을 불러내고
함께 걸어오지 못한 이들을 불러낸다.
산면을 두르는 청청한 바다들로
붕어새 우는 종소리 깊어
비구니 스님은 새벽을 알리고

서둘러 아침을 여는 대흥사 암자
흐느껴 울기라도 하듯
떠날 사람들을 위한 목탁소리
긴 장음으로 퍼져갈 때쯤이면
쓰러져버린 옛일들을 잊게 하고
만나지 못한 이들에게
긴 편지를 쓰게 한다.

소풍

갓바위로 소풍 가면
술래잡기, 보물찾기를 하다가
비를 맞아 젖은 도시락 먹으며
우정을 키웠다.
교련복을 입고 행군하여
우황리 앞바다에 도착하면
무거운 혁대 벗고 수통의 꼭지 열어
바닷바람을 맞고 땀을 식혔다.
부글부글 국물이 끓는 포장마차에서
떠나간 여인의 이름을 부르면서
우리는 사연을 키우고 추억을 남겼다.
곤곤한 술기운들로 무서운 화학선생님 곁으로
소주잔 건네면, 봄날의 소풍은 만점이 되었다.
공룡화석이 남아 있는 그곳은
지금은 관광지가 되어 서울사람들을 불러 모은다.
기러기들이 떼를 이루던 우황리 해변
그곳으로 소풍 가고 싶다.

땅 끝에서 부는 바람

누구나 한 번쯤은
우리나라 최남단에 발길이 닿으면서
번뇌와 고민을
땅 끝에 조용히 묻는다.
파르르 울고 있는 항구에서
바람은 더 세차게 불고
땅 끝에서 부는 바람으로
주저앉거나 울어대던 일들을 잊은 채,
삶, 행복, 슬픔, 기쁨, 사랑,
이 모든 것들과 깊은 수면을 취한다.
고요한 해변에서 울어대는 깊디깊은 파도소리에
생의 순간은 더 연장되고
춤을 추듯 출렁이는 선박의 풍경은
이제 나만의 노래일 수밖에 없다.
잠들고 싶어 하는 것들은 모두 고요 속에 잠겨
더 나아갈 수 없는
땅 끝에서 부는 바람,
나 여기서 머물고 싶다.

봄날의 이별

벚꽃, 개나리, 목련…
봄이 이른 해남에서는 봄꽃도 가장 빨리 진다.
어느 봄날, 산이면 금송리 도로변에서
작은형 인삼밭 고랑을 타고 걸으며
나는 이별의 노래를 흥얼거린다.
산자락 마을들판마다 피었다가 사라지는
목련처럼 나는 잠시나마 이별을 노래한다.

벚꽃, 개나리, 목련…
꽃이 지고 밭농사를 시작할 무렵이면
어머니는 밭으로 나갔다.
된밭에 한 줄로 앉아 파고 또 파야만 하는
쟁기질로 지문도 쟁기 날도 무뎌지면
내게는 한 다발의 학비가 날아왔다.

벚꽃, 개나리, 목련…
꽃이 지던 어느 봄날, 마을어르신 한 분
알 수 없는 병환으로 오래 누웠다가

상여에 올라타 사치스런 외출을 떠났다.
주름진 양복바지 한번 못 입어보고
울룩불룩 자수가 박힌 넥타이를 매어보지 못하고도
행복을 목에 매고 살아오던 어르신은
어느 봄날에 머나먼 길을 떠났다.

벚꽃, 개나리, 목련…
산자락 마을들판마다 피었다가 사라지는
봄꽃들을 떠나보내며
나는 잠시나마 이별을 노래한다.

고도리 김 씨

벼들끼리 놀다가
벼 잎에 병이 들면
잎이 새까매지면
나는 해남읍내 고도리 농약집으로 가야 한다.
살포시 담은 농약들을 사서 집으로 돌아오면
아버지는 농약들을 잘못 사왔다고 꾸중하신다.
머리 나쁜 놈이 칠칠맞다는
아버지의 핀잔에 종일토록 병든 벼처럼 고개를 못 들고
읍내 고도리 농약집 김 씨네 집을 다시 찾으면
농촌사람들이 도심지로 떠나 장사 안 된다고 툴툴거리며
파리만 쫓고 있던 김 씨가 반갑게 맞는다.
연필로 써온 농약 이름들을 찬찬히 살펴보며
농약 냄새 휘날리며 살충제농약을 찾는다.
억척스러운 단골사람들은 사라지고 없어도
못난 사람, 잘난 사람, 너나 할 것 없이
고향처럼 그리운 미소 짓고
사람을 반겼다.
깊은 밤에도 창호지 문틈 유리벽을 살피며

한 숟가락 입에 밥을 넣은 채
생을 이끄는 김 씨 아저씨는
계산대 옆에 맞춤법 틀린 연필글씨로
마을별 버스시간표를 또박또박 적은 글들을 붙여 놓고
마을 농부들에게 작은 터미널이 되어주었다.
수염 하나둘 달고 찾아간 어느 날
가게 문은 굳게 닫히고
김 씨 아저씨의 주검을 실은 버스는
영영 돌아오지 않았다.

황산고등학교

아무도 밟지 않은 낯선 첫발을
교문도 없는 교정에 내딛었더니
'바른 품성, 알찬 실력, 굳센 체력'이
자동응답기의 안내멘트처럼 반겨주었다.
3층짜리 공립학교에서는
전교생이라 해봐야 삼백 명
신발들이 운동장 들판을 힘껏 누비고
봄, 여름, 가을, 겨울, 다 지나가도록
교과서를 읽고 학생봉사활동을 하며 하루를 보냈다.
옹기종기 모인 면학의 모습들로
땀방울 적시며 책장을 펼쳤다.
도심지로 떠난 친구는 다시 볼 수는 없었지만
새로 부임해 온 처녀선생님을 바라보며 섭섭함을 이겨
냈다.
배구장에서 에어로빅을 하고
우리는 모두가 하나였다.
듬성듬성 서 있는 나무 수도 교정의 나이만큼이나 적어
햇볕을 고스란히 쬐어가며 노래를 부르고

교실에서 머리 동여매고
펜대 좌우로 굴리다가 일요일이면 쫓아온 어머니들로
책을 덮고 된밭으로 들로 논밭으로, 끌려가
찡그린 미소 지으면서도 햇볕 쬐었던
맑은 영혼들이 모여 졸업하던 때
알 수 없는 울음들을 교정에 뿌리고
다시 볼 수 없는 날파리며 모기떼와
교복에 묻은 피떼로 깊은 연서 쓰던
내 친구들 다 어디로 갔을까?

목포 유달산 별다방에서

목포역에 발길을 놓자
소리 없는 비가 내리고 있었다.
하늘은 잿빛 얼굴로 불만이 가득 놓여
흐린 얼굴을 하고,
지나버린 생을 되돌리려 하지 않았지만
이내 보이는 별밤,
유달산 초입 골목길에서 별바당이
옥수수 얻어먹던 유년을 일으켜 세웠다.
얼마 동안 부르주아의 근성을 내고 서 있다가
해남행 버스에 올라 할머니 몸뻬바지에
오래도록 눈길을 두고 있었다.
곱게 묻어난 구멍 난 몸뻬바지에
그리운 얼굴을 상기하며 어머님과 만났다.
호남동 육교 길에 이름 빛바랜 세탁소
김 씨는 흔적 없이 빠진 머리를 잊은 채
여전히 다림질을 반복하고 재생하는 하나의 일들은
또 다른 사건으로 아픈 뇌를 자극하는 동안
내 어머니가 무거운 김치덩이와 쌀 한 가마 놓고

구슬땀을 흘리시던 곳은
해남초입 어귀였다.

해남으로 보낸 편지

아침 바람이 달려옵니다.
내 고향 해남에
어머님 깊은 숙면 취해 계시고
아버님 감기소리 들리지 않고
형님 내외분
사랑 노래가 들려옵니다.

어머니를 가슴에 묻고

저문 밤, 눈물이 바다가 되어
고향마을 앞바다로 흘러갔다.
쓰린 심장 매스로 긁어냈으니
저만치에서 어머니는 더 아프다고 한다.
기역 자 문틈 사이로 관이 지나가며 떠날 때
내 눈에는 눈물이 흐르지 않았고
흙으로 돌아가는 어머니의 살 냄새만 생각했다.
소낙비 같은 울음을 흘리던 형, 누나, 동생들에게
철없던 내 지난시절을 고백하면서
어머니의 모습을 가슴속에서 훔쳐내다가
마을 어귀에 초승달이 서성거려
생의 내력들이 파편으로 되돌아오고
이 세상에 없는 어머님 영전에 머리 숙여 해남 가는 길
달빛이 구름 속에
눈물바람 시샘 속에 잠기다가
휭하니 떠났다.

어머니의 산소와 국화 열 송이

목포 버스터미널 3호실 입구에는
해남 산이면 초송리 팻말이 서 있다.
서둘러 수원행 차표를 받다가
오전발 수원행을 놓친 날
흩어진 사념들로 서성일 때
매표원 아가씨는 묻지도 않는
해남이 집이란다….
어디서 보았을까?
109번 버스는 이정표를 잃은 나를
몇 회 지나쳐 가고
늦은 오후 햇살이 두 뺨을 때렸다.
택시라도 잡을까 망설이다가
카드 쓰다 적발되면 뜬눈으로 밤을 보낼
아내의 눈빛을 상기해야 했다.
숨죽여 어머님 산소에 올린 국화 열 송이를 안고
우두커니 하늘을 보고 있는데
허리 굽은 할머니가 묻는다.
젊은이, 어디 가요?

어머님 산소 가는데요.

뉘 집 자식인고?

해월리 박 가인데요.

에끼, 이놈아. 왜 어머님 고생시켰어.

우두커니 하늘을 올려다보는데

어머니 얼굴이 꽃망울처럼 피어났다.

조카의 일기

내 조카 태경의 어릴 적 얼굴에
미소가 하나둘 살아난다.
작은형 집으로 돌아가
인삼밭도 잠들면
저녁 밤, 바람 타고 태경이가 방에 들어오고
어머니 무덤에 소주잔 올리고 나면
태경이가 산소잔디에 눕고
밤하늘 보다가 잠이 들면
멀리 떠날 삼촌 염려하고
죄 많은 산소에 술 한 잔 더 올리려 찾으면
태경이가 벌초한다고 나선다.
앉으나 서나 멀건이 바라보던 저녁노을 사라지고
달밤 보다가 긴 밤 지샌다.
공부하려고 전등 켜놓고 있다가
코고는 아버님을 깨울까 봐
내내 조심스러웠던 밤
동무들과 자정이 넘도록 간이운동장에서 뛰놀다
들어와 단잠 자는 조카 얼굴을

환하게 밝힌 미소가
희망을 그려놓는다.

아버지의 전화

술 취한 취객들이 새벽을 몰고 왔다. 새벽은 구역질 나는 인육의 냄새를 뿌려놓고 발로 차고 부수며 화풀이도 모자라 독수리에 침을 뱉는다. 거친 삶들이 출렁이는 혓바닥 이 밤을 지나 아침까지 수많은 말들을 들어줄 재간이 내겐 없다. 송수화기에서 휴대폰소리 또다시 새벽을 깨운다. 해남에서 급행 전화선을 타고 달려온 아버지의 전언이다. 별일 없느냐? 아이구! 아버지께서 이 시간에! 밤새 꿈자리가 너무 안 좋아. 꿈속에서 내가 사표를 냈다는 것이다. 노인네는 안심이라도 한 듯 어여 들어가라 하신다. 자식 걱정하는 아버지는 꿈속에서 아들과 만났고 나는 술 취한 취객들과 긴긴밤을 보내고 있었다.

산이면 편지

누구나 이별할 것이라고
기나긴 대로 황토밭 사이를
걸으며 노래했지.
길 잃고 산 무덤 넘어 방황하다가
희망의 길을 만나지 못해
늘 이별 연습을 해야 했다.
겨울 지나 봄이 왔지만
밭고랑에 남아 있는
눈송이를 차마 떠나보내지 못한 채
아지랑이 새순이 피어오르는 들판을
물끄러미 바라본다.
이별하지 못한 것들이
어디 황토밭뿐이었던가.
뭐 땀시 그라요잉.
철지난 전라도 해남사투리
통통배 어디 가고
이별 아닌 상념만
염불하고 있던가.

뱃머리 바다

한 번 가면 못 오는 땅
육상과 해상에 휑하니 불어온
바다 냄새가 소나무 몇 그루
여린 살갗을 태운다.
하루에 한두 번씩
친구들과 타이어 튜브를 타고
바다 건너 우황리 마을을 왕래하며
썰물과 밀물이
교차하며 떠나듯
내 마음도 그렇게 떠나보낼 줄 알아야 한다.

어느 해이던가 어스름 저녁 녘
적막한 마을들이 서로 의기투합이라도 했는지
외로움을 앞다투어 서로를 애무했다.
캄캄한 밤, 귀신들이 다녀갔다는
뱃머리 소나무 두 그루
누구 때문인지 어느 날 베어지고
전설만 남긴 채

어릴 적 동무들은 하나둘
주검소식들로 전해져 오고
전설로 자리한 바다,
해월리는 없다.

마을에서 부른 노래

전라도 해남 가시내들은 다 어디 갔을까?
그 가시내들을 넘보던
사내들은 욕정을 품고 다 어디 갔을까?
하늘과 들과 외로움들이
바람은 바람대로
하늘은 해남 땅만 우산 받쳐 주고
외로움까지 받치지 못한 우산은
혼자 더디게 외로워하며 시간이 갔다.
해남사람들만 부르는 연가가
오늘은 신록들로 봄을 감싸고
밭을 매다 쓰러진 내 어머님 사연은
그 어디에도 없다.
외로움도 사나운 슬픔도 보이지 않던 날
해남 가는 길
이 가시내야, 주검으로 썩은
시신들만 사랑할 것이냐.
저 들판 저 바다 건너
다시 눈부시도록 그리운 남도
해남 땅으로 가자.

어머니의 편지

전남대병원 606호실, 담석으로 누운 병실에서 여섯 줄
기 눈물들이 분홍 이불에 덮인 한 여인을 바라본다. 속 애
간장 끓이면서 호미자루 놓지 않고 리어카 끌던 내 여인이
두 눈을 번뜩이며 나를 응시한다. 며칠 후면 영영 눈을 뜨
지 못할 거라는 말, 이별을 준비해야 했기에 여인의 두 눈
은 감길 줄 모른다. 서울대병원에서 전남대병원으로 왔다
갔다 반복하는 동안 수술자국만 남기고 주검을 기다리는
몸.

여러 번의 수술 부위들로 생긴 혈흔들이 그녀의 지난 삶
을 대신 노래했다. 목포 거북이 시장에서 옷들을 받아온
그녀는 눈 덮인 마을들을 돌아다녔다. 행상으로 자식들을
유학 보낸 그녀의 손마디에 주름진 세월이 내려앉았다. 해
월리 바닷바람, 그녀와 함께했던 그 바람들이 그녀의 깊은
잠을 깨울 수는 없을까. 퉁퉁 부어오른 그녀의 얼굴, 거센
바람에 고개를 젖힌 갈대처럼 한쪽으로 넘어간 산소호흡
기, 잔인한 그 바람이 내 여인의 심장을 멈추게 했다.

어머니의 바다

짠물 들이켜 뱃속까지 더위가 차오르면
잔등에 한 바가지 물을 끼얹어
더위를 쫓아냈다.
전설 깊은 도깨비나무 주위를 돌고
무사귀환을 바라는 무당굿을 하면서
온몸으로 빌고 또 빌었다.

문저리와 꽃게를 잡으러 뛰어든 바다
가을 바다에 뼛속까지 추위가 차오르면
바람 앞의 낙엽처럼 퍼덕퍼덕
온몸을 떨어야 했다.

가을 바다는 오늘도 일용할 양식을 제공하고
풍요로운 밥상이 식탁에 오른다.
내 몸 어딘가에서 통증이 되살아나고
어머니는 먼 바다에서 깊게 잠들어 계신다.

독수공방 獨守空房

내 곁을 떠나시고
붉은 흙으로 차디찬 집을 짓고
독수공방하고 계실 어머니
한 송이 마른 꽃이 되어
떨어지기도 하고 시들어질 것이나

아무도 찾아오지 않는 날들을
캄캄한 어둠 속에 묻어놓고
한 송이 국화와 함께 누워 계실
당신의 이름
어머니

논산훈련소

열차 타고 사념 속에 잠긴 채
창밖에 햇빛 내린 날
나는 새마을호를 타고 논산으로 갔다.
강한 군대? 들녘의 허수아비처럼
축 처진 어깨들이 군대로 왔다.
작은형 내외와 팔순노인이 조카를 군대로 보냈다.
나라와 부모에 충성하는 조카가
시계바늘이 돌고 돌고야 다시 봄이 온다지만
논산훈련소에서 봄날을 기다린다.
해남에서 올라오신 팔순아버님은 흙먼지 풀풀 날리는
훈련소에서 밥 먹던 옛 기억을 풀어놓으시고
나도 오래된 기억을 풀어놓는다.
그날 모처럼 포식한 나는 왜 배부르지 않았을까?
바람 불고 비옥한 황토에서
눈물과 땀방울 흘리며 살았던
내 어머니와 내 아버지의 땅
불러도 대답 없던 가난…
가난과 고생만은 대물림하지 않겠다던 바람…

지폐 몇 장 조카에게 건네주는 아버지 손등
바르르 흐느끼는 논산훈련병들
조카를 뒤로 하고 울먹이는 해남사람 내 가족들
햇볕이 수직으로 말하는 것을 애써 참으며
까까머리 조카를 바라보기만 했다.

내 마음의 곳간

뙤약볕 내리는 황토의 땅에서 자라서 경찰관 제복을 입으리라고는 생각하지 않았다. 거친 파도 위에서 원치 않던 험난한 항해를 다시 하고, 또 반복하기를 거듭하였고, 여인의 이름으로 상처받기를 간구하지 않았지만, 누구나 한 번은 홀로 걸어가야 한다. 가족들의 뱃속은 빈 곳간처럼 포만감을 느끼지 못했고, 학업을 중단하리라 생각하지 않았지만 해남땅 뱃머리 사공이 잊혀진 지 오래되었고, 어제나 오늘이나 겨울은 가고 한여름 무더운 날들의 땀방울들이 한 톨 한 톨 또 다른 곳간에 쌓여가는 것을, 세월이 하나둘 허기져만 가는 것을 막을 수는 없었다. 허기진 날들이여, 이제는 황토의 땅에서 결실을 맺기길…….

해남 가는 길

해남은 해의 남쪽인가
해남 가는 길
푸르던 내 마음 붉은 꽃으로 피어난다.
아니면 바다의 남쪽인가
해남 가는 길
소금꽃 끝없이 피어나는 가슴
낙타등 같은 하루를 두드리며
해남 가는 길
발바닥에 물집 잡히듯 잡히는 그리움
해남 가는 길
가면 갈수록 끝없이 목마른 그 길

우중문답 雨中問答

빈 거리에 비바람 불고
어디론가 끝없이 사람들 날려가네.
비바람에 흩날리는 허수아비처럼

잿빛 건물과 건물 사이
어두운 자리마다 신음소리 흘러가네.
이랑으로 흘러가는 구정물처럼

막차는 좀체 오지 않고
오늘은 어느 길 잃은 새가
둥지를 잃고 비에 젖는가?

도둑개

침실의 평온한 공기를
서늘하게 휘저어버린
복면을 한 도둑개야.

가냘픈 육신을
송두리째 난도질한
악의 영혼아.
눈물로 얼룩진
이 밤,
갈기갈기 찢긴 마음들이
네 울음소리에
밤새도록 몸살 나는구나.

한낮에 우리는 왜
싸움개처럼 서로를 물고 뜯어야 했는지
아무리 닦아내고 닦아내도
상처에는 피 흐르고
피에는 분노 흘러

지워지지 않아.

어디서 도둑개 짖어대는
소리가 들려올까
숨죽이며 가슴 졸일 때
달빛은 소리 없이 물러서고
가슴에 응어리진 상처만
골 깊은 험한 산처럼 가슴을 막아서네.

나의 아내가 있습니다

찬란한 아침을 기다리는 햇살처럼
맑디맑은 이슬 같은
나의 아내가 있습니다.

오늘도 혼자서
빈 방을 손질하며
우리의 보금자리를 지키는
부드러운 깃털을 가진 작은 새 같은
나의 아내가 있습니다.

아침햇살을 기다리는
나의 아내가 있습니다.
오늘도 혼자서
빈 방을 손질하며 지키는
나의 아내가 있습니다.

흐르고 또 흘러

저렇듯 아득히 멀고 푸른
하늘의 무심함을 탓하랴.
이 하잘것없는 인생을 탓하랴.
오갈 데 없는 마음을
너에게 기대이지만
온 하늘을 떠돌며
너 역시 그렇게 흘러가는구나.

먼산바라기

너의 말 없는 울림에
오늘도 먼산바라기
되돌아올 메아리도 없는
첩첩산중만 바라보며
망부석처럼
나는 하염없이 기다린다.

세월이 약이려니
망각의 강물을 건너보아도
내 운명선을 가로지르는
선명한 사랑의 곡선은
올가미처럼
나를 묶어두고 있구나.

헛되도다

두꺼비야,
새집은 언제 다 지을 것인가?
헌집 주면 새집 준다던 너의 그 달콤한 말에
한 줌의 허새비 같은 가벼운 돈봉투를 손에 쥐고
몇 집이 또 서울과 서울 근교로
떠나가는 이삿짐을 꾸리는 동안
집값은 또 오르고 오른다.

새집으로 되돌아오지 못하는 사람들아,
뉴타운정책 아래 새것이 없나니
모든 것이 헛되고 헛되도다.

기억의 상처

내 낡은 서랍 속에 그어진 상처
이 시간이 지나가면
또 하나의 기억으로 그저 남아 있을 것인가?
그대 생각은 무엇이고
나의 생각은 또 무엇인가?

고통의 바다 한가운데 앉아
긴 한숨을 찢어놓으며
시간의 저 끝에서 여기까지
가만히 헤아려보지만
그 어떤 끝도 보이지 않네.

나의 노래

세월은 신음을 음표로 삼아
침묵의 노래를 부르고 있네요.
지쳐버린 나날들에
숨이 막혀
병든 노랫가락마저
침묵하고 있네요.

아무도 들어주지 않는
초라한 음악처럼 잠잠한
당신의 모습,
생명의 음계를 일으켜 세워
삶의 노래를
다시 부를 그날을
나 이렇게 기다리고 있네요.

혼자 울지 않기를

아프고 지쳐 쓰러진 사람들 모여
서로의 상처를 핥아나갈 때
외로워라, 삶은
한낱 세상과의 끝나지 않는 싸움이려니

외로움에 지친 사람들
마침내 외로움과 싸우다
맥없이 쓰러지네.

겨울,
빈 벌판 같은 휑한 가슴들
눈물로 출렁이고 출렁여
은빛 이랑 하나 이루었네.
세상에
누구인들 울면서 태어나지 않았겠느냐.
누구인들 홀로 울어보지 않았겠느냐.

또 하나의 사랑이 지고

바람이 분다.
가로수 이파리가 지고
이파리처럼 푸르렀다 퇴색되어버린
우리의 사랑도 진다.
다시 또 봄이 오겠지?
바람 불고 낙엽 질 때
우리의 사랑도 진다.

그리운 이름 하나

그리운 이름 하나가 있습니다.
부르면 목이 메는
그리운 이름 하나가 있습니다.
불러도 다가갈 수 없는
그리운 이름 하나가 있습니다.
다가가도 만질 수 없는
그리운 이름 하나가 있습니다.
보이지만 만질 수는 없는
그리운 이름 하나가 있습니다.
허깨비라도 놓치고 싶지 않은
그리운 이름 하나가 있습니다.

너를 만나고 싶다

나를 이해하는 사람을 만나고 싶다.
쉬 다치기 쉬운 내 자존심을 용납하는
그런 사람을 만나고 싶다.
직설적으로 내뱉고선 이내 후회하는
내 급한 성격을 받아들이는
그런 사람을 만나고 싶다.
스스로 금을 그어 버린 채
시멘트처럼 굳어 버리고 대리석처럼 반들거리며
한 치도 물러서지 않는
나를 이해해 주는
너를 만나고 싶다.
미소 하나로
모든 것을 녹여 버리는
그런 사람,
가뭇한 기억 더듬어 너를 찾는다.
스치던 손가락의 감촉은 어디 갔나.
햇살 따사로운 날에
너를 다시 만나고 싶다.

막무가내의 고집과 시퍼런 질투
타오르는 증오가 불길처럼 이글거리는
내 못된 품성을 용서해 주는 사람,
덫에 치여 비틀거리거나
어린아이처럼 꺼이꺼이 울기도 하는
내 어리석음을 그윽하게 바라보는
그런 사람을 만나고 싶다.
내 살아가는 방식을 송두리째 이해하는
너와 다시 만나고 싶다.

쓰러진 자의 꿈

거리의 낙엽들이 아무 말없이
자유낙하하고 있었다.
가을 빗물에 낙엽들은 드르렁 드르렁
지하 하수구로 흘러 내려가고 있었다.
추위를 피해 비상출구를 찾아
지하로 지하로 대비한 그들은
수원역 지하 벤치에 누워 코를 드르렁 골더니
지도시장 육교 입구에서
아예 숨소리도 잊고 깊이 잠들어 있었다.
수원역 대합실에서 짙은 땀내 풀풀 날리고
쓰러진 자들만의 음악을 연주한다.
고요한 세계가 열릴 것만 같은 밤
밤 사이에 영하로 기온은 뚝 떨어지고
사치스런 시집 한 권을 들고
나는 희미한 불빛 아래서 시를 읽는다.
쓰러진 자들도 한 때는
한 다발 꿈을 키웠으리라.
밤의 정령들이 비바람을 몰아내고

지하도 백열전등이 별빛처럼 빛을 발하고
비상출구를 잃어버린 사람들이 누워 있었다.

정읍 김 선생

봄비 그치면 나
어디로 가야 하나.
꽃잎 지는 적막한 밤을
비는 살며시 내려주고
정읍 김 선생 댁에서
그렇게 봄날은 간다.

라디오에서는 찢어진 목소리로
조류독감이라며 울상을 짓고
적적한 밤을 데리고 사는
노모의 밥상을 받는다.
먼저 가신 내 어머니가 떠오르고
그렇게 봄날은 간다.

돌아서야 될 적막한 밤
창문 사이로 떠 있는 저 불빛이
맑은 하늘을 비치는 태양 같다.
어디로 가든 아프지 않고

사랑하며 살아간다고
아주 많이 얘기하고 싶다.

손수건

가슴속에 켜켜이 쌓인 단어들이
열차울음 따라 너에게 내려앉았다.
짓기도 하고 부수기도 하면서
그렇게 너와 나는 긴 여행을 떠났다.
흔적 없이 사라진 머리카락이
몇 올 세우기를 반복하는 동안
또다시 누군가와 이별해야 했고
그렇게 감정의 조각들이
너에게 내려앉았다.
해가 갈수록
손에 땀이 베이는 횟수가 늘더니
몸 구석구석 땀방울이 늘어만 갔다.
긴 기침을 뿜어내는 횟수가 늘어나고
땀과 가래침이 너에게 내려앉았다.
네 주인처럼 점점 흐물거리는
너는 긴 여로를 몸에 지녔다.

어떤 이별

슬픔은 가슴에 두고
있어서는 안 된다.
그대로
어디론가
떠나보내야 한다.

그대는 지금 어디 있는가

어김없이 오늘도
해가 떠올라
젖고 어두웠던 땅을 데우고 있다.
밝히고 있다.

지친 몸으로 어제 집으로 돌아갔던 사람들은
저 햇살 아래
새와 나무와 바람
아이들의 재잘거림과 이웃의 웃음 속으로 나와
새로운 날을 맞고 있다.

국밥을 끓이는 식당과
한 잔의 술이 기다리고 있는 술집은
또다시 하루를 맞고
동장군이 오고가는 거리에는
푸른 아이들이 입김을 날리며
내일 무엇이 될 것인지
이야기하고 있다.

그대의 동료들 또한
어제와 다름없는 정복을 입고
안전과 질서, 평온과 안돈을 위하여
묵묵히 자리를 지키고 있다.

그런데 그 속에 그대는 없다.
어제만 해도 사무실의 컴퓨터처럼
길 위의 순찰차처럼 자리를 지키고 있던
그대는 지금 없다.
앞으로도 그대는 나타나지 않을 것이라는
까만 소식이, 그 비보가
밤의 어둠을 뚫고 들려왔다.

그대는 지금 어디에 있는가?
임무를 마친 뒤
꽁꽁 언 손을 후후 불며 돌아와야 했을
그대는 지금 어디에 있는가?
아내와 아이들이 기다리고 있는

따스한 방으로 돌아와야 했을 그대는 왜
아직도 귀가하지 않고 있는가?

우리는 알고 있다.
직무수행을 위해 그대가 오목천을 향해
떠나던 때에도 칼바람이 불었던 것을.
우리는 또 알고 있다.
그 며칠 전부터 매서운 한파가 이 지상에
엄습했다는 것을.
그대가 마지막으로 서 있던 도로 위에도 필시
날 선 바람이 불었다는 것을.

그런데도 우리는 손난로 하나 마련해 주지 못했었네.
보온병에 따스한 커피 한 잔 담아주지도 못했었네.
다만, 잘 다녀오라고, 무사히 다녀오라고, 수고하라고
평상시의 인사만 몇 마디 던져주었을 뿐이었네.

어둠과 날 선 바람이 부는 곳

그곳이 우리의 일터였지만
그것을 탓하지는 않았었다.
사람이 사는 곳이라면 어디든
우리는 가야 했고
사람이 있는 곳이라면 어디든
우리의 일터였으니까.

밤하늘에 퍼져나갔을 그대의 비명
그대의 아픔이
이제 남은 이들의 가슴을 후비고 있다.
그대를 지켜주지 못한 회한이
지금 이 지상을 떠돌고 있다.
어제와 다름없이 되풀이되는 일상 속에
그대의 아픔이 아로새겨지고 있다.

하지만 우리는
아직 여기 남아 있는 그대의 메아리
그대가 이루지 못한 몇 가지 꿈들

그리고 몇 가지 사연을
이제 그대의 머리맡에 뉘여야 한다.
비통을 참으며
그대를 보내야 한다.
이 추운 날 그대가 사랑하던 사람들 곁에서
그대를 멀리 보내야 한다.

입술 터지는 바람 속에서
그대의 체온이 아직 남아 있는 이곳에서
그러나 우리는 그대를 영영 보내지는 않을 것이다.
잊을 수 없는 추억들
살아 있는 동안 나누었던 이야기들을
그대와 함께 떠나보낼 수는 없다.

저 낯선 기운이 그대를 앗아갔지만
밑도 끝도 없는 무서운 바람이 그대를
우리들 곁에서 떼어 놓았지만
살아 있던 날들의 따스한 기억들과

아직도 그대를 기다리고 있는
사람들 속으로 그대는 다시 돌아오리라.
다시 이 지상 이 사람들 곁에 머물면서
그대 또한 환히 웃고 있으리라.

아내의 잠

비가 갠 다음 날 아내의 눈물을 보았다. 작은 방에 커다
란 그림자가 드리운다. 무지개처럼 환하게 웃던 아내의 얼
굴들에서 적신호를 발견했어야 했다. 작은 방에서 커다란
그림자, 아내의 일부는 바르르 떨린다. 청순한 높은 하늘
에 맑은 구름이 걸쳐 있다. 저녁의 싱그러운 녹음을 함께
손잡고 만끽해야 좋은데, 저토록 가슴앓이 기도를 하는 것
은 무슨 연유일까. 바람도 잠 못 이루는 밤, 아내가 꿈속에
서 싱그러운 녹음을 만끽하기를 기도해 보았다.

F학점

한 장의 우편물이
오래된 빗물에 섞여 있다.
걸어가고만 싶어서
뚜벅뚜벅 걸어온 길
숨 막힌 동굴 같은 그 길에서
출구를 찾지 못해
방황하던 나날들
다시 그 길을
걷기 위해
또다시 길을 나선다.

군산 가는 길

한 사람이 또 묻혔다.
비가 갠 화창한 봄날에 말없이 묻혔다.
흰 옷 입은 상주들은
들판에 누울 사람을 위해
관을 옮기고 삽질을 하며
지상에서 살아온 그의 시간들을 되새겼다.
어차피 이름 석 자만 세간에 남겨두고
떠나야 하는 인생
검은 땅 속에서 그는 시 한 편 쓸 수 있을까.
더 만나지 못한 사람 있을까.
못 다한 사랑 있을까.
또 한 사람을 묻고 돌아오던 날
열차 안에서 나는 시 한 편을 지었다.

지동 사람들

내가 머물렀던 곳들은 하나같이
빗물에 젖은 시멘트 푸대 같은 표정을 하고 있다.

잔뜩 분 바른 나이 든 여자가
질질 울고 난 뒤의 얼굴을 하고 있다.

여기 머무르던 빛과 뜨거움은
몇 사람의 가슴에 두레박 없는 우물만 남기고

부활을 기다리는 고집쟁이에게
돌아오지 않아, 라고 말하고 싶어서

지동시장 순대국집을 찾아 가는 중인데
노파의 눈물처럼
허리 굽은 사람들이 자꾸만 앞을 막는다.

문.사.모

시퍼런 날빛 새운 친구들
영호 무릎에 앉아
올망졸망 샘솟는 용국의 입담
그 말에 한바탕 맞장구치는 보웅
숨죽여 말 없는
애증의 혀를 입속에 감춘 태섭
소처럼 쟁기 갈고 온 수철
진지한 눈빛으로 대꾸하는 상수
공연장에 이념의 가지들을 채우는 희섭
멀리보고 정직한
가슴으로 산다는 장장정정 횟집 영재
절망도 잊은 채
슬픔도 잊은 채
말하지 않아도 흐느끼지 않아도
문.사.모의 새벽이 온다.
누가 더 아플까 긴 염려 속에
서러움도 더 깊게 잠긴
문.사.모

촘촘한 눈빛들로 서로에게

긴 편지를 건네는

내 친구들 문.사.모

해운대구에서

　세상에서 가장 아름다운 꽃은 얼굴에서 피어난다. 달맞이 고개 해운대구에서, 잠들지 않고 춤을 추는 부산항 포구에서, 나는 얼굴에 웃음꽃 만발한 한 가족과 얘기를 나누었다. 심야를 밝히는 포만한 전등들로 따뜻한 그곳, 밤새 이야기꽃을 피우던 사람들과 작별인사를 나누고 헤어진 그날 밤, 산책로 따라 걸으며 나는 얼굴도 기억 못하는 장인 장모님에 대한 그리움이 밀물처럼 밀려왔다. 가족 생각에 웃음꽃이 사그라진 아내의 얼굴에 꽃을 피우고 싶다. 달빛 고요히 내려앉은 해운대구, 밤바다로 출항하는 여객선들이 희망을 키우고 있다.

겨울밤에 쓰는 시

찬바람이 쓸고 간 겨울밤
어느 이름 모를 사내들과 술잔을 피해 걸어간다.
벽면 유리틀 사이로
내 몸 일부가 삶에 끼워지고
투시한 내 모든 감성들이 쓰이면서
날이 무딘 시어들을 찍찍 긋고 수정하면서
내 고독은 이름하여 슬픈 얼굴이 되었다.
책상 유리면에 반사된 얼굴과 마주하고 소주잔 두 개를 놓고
대화를 나누는 동안
겨울밤은 깊어만 갔다.
거리의 네온사인 불빛처럼 점멸하는 시어들
밤하늘엔 눈송이들이 날리고
눈은 쌓이고 쌓여
온 세상이 새하얀 원고지처럼 덮이고
겨울밤, 나는 시 한 편을 쓰고 있다.

출항

떠나가고 있다.
언제나 그렇듯
정박은 단지 큰 바다로 나아가기 위한 묵묵한 준비였을 뿐
그저 한가로이 휴식했던 것은 아니었다.

떠나가고 있다.
태양이 새벽을 밀어내고
아침바다를 햇살로 물들이며 힘차게 떠오르듯
이제 머물렀던 배는 망망대해를 향해
온몸으로 대양을 밀어내고 있다.

떠나가고 있다.
출항은 돌아오기 위한 출발일 뿐
망망한 바다 어딘가에서 정박하려는 것은 아니다.
떠나가는 배는 귀항할 것이다.
항구로 돌아와 넓은 곳의 바람과 풍랑과
세상의 풍성함에 대한 이야기를 가득 싣고 돌아올 것이다.

떠나가고 있다.

떠나가는 배는 귀항할 것이다.

그래서 우리는 알고 있다.

떠나가는 배를 말없이 보내주어야 한다는 것을.

독도

바람 불어도 울지 않았다. 태풍이 휘감아 오는 날에도 보석처럼 서 있었다. 일평생 고독에 취한 섬이 가끔은 검은 해일을 맞을 때, 은빛 날개가 암벽의 심장부를 선회하고 있었다. 파도 사이를 횡단하는 갈매기, 저것들이 들어와 머물다 가건 말건, 누가 자기네 소유물이라고 하건 말건, 섬은 묵묵히 돌출해 있을 뿐이다. 섬이 언제 누구의 소유물인 적 있었던가. 그저 망망한 바다에 홀로 떠 있을 뿐, 표정 한 번 바꾸어본 적도 없는데, 어부들의 통통배 허리를 휘감아 돌면서 풍랑을 피하는 바람막이였을 뿐인데, 섬은 다만 섬일 뿐이어서 이렇게 섬으로 서 있을 뿐인데.

삶을 기억하는 세 가지 자세

유문선

(한신대학교 국문과 교수, 문학평론가)

1.

　흔히들 소설『홍길동전』의 작가 정도로만 기억되고 있는 허균은 기실은 매우 다채로운 빛살을 뿌리고 있는 인물이다. 서자도 아닌 얼자인 길동과 달리 허균은 청백리 허엽의 적자였으면서도 길동의 생각에 바탕을 이룬 혁명적인 사유를 펼쳤고, 유가에 해박하면서도 불교와 도교에 조예가 깊었으며, 스스로 많은 시문을 남기면서 동시에 역대의 적출에 대해서는 더할 나위 없이 밝은 감식안을 보이기도 하였다. 한마디로 당시 세상의 그릇으로 담아내기에는 넘치는 재주와 열정의 소유자였다. 그럼에도 한쪽에서는 유유자적한 은둔자들의 삶의 일화를 모은『한정록』을 펴내기도 하였으니 채 오십에 세상과의 인연을 끊은 사내로서는 참으로 얼굴이 많았다 하지 않을 수 없다.

『한정록』에는 우리 삶을 되돌아보게 하는 일화들이 많은데 다음도 그 하나.

> 상용(商容)은 어느 때 사람인지 모른다. 그가 병으로 눕자 노자(老子)가 물었다.
> "선생님! 제자에게 남기실 가르침이 없으신지요?"
> "고향을 지나거든 수레에서 내리거라. 알겠느냐?"
> "고향을 잊지 말라는 말씀이시군요."
> "높은 나무 아래를 지나거든 종종걸음으로 가거라. 알겠느냐?"
> "노인을 공경하라는 말씀이시군요."
> 그러자 상용이 입을 벌리며 말했다.
> "내 혀가 있느냐?" "있습니다."
> "내 이가 있느냐?" "없습니다."
> "알겠느냐?"
> "강한 것은 없어지고 약한 것은 남는다는 말씀이시군요."
> "천하의 일을 다 말했느니라."
> 이렇게 말한 상용은 돌아누웠다.
> — 정민, 『한시미학산책』

양생(養生)의 길을 터놓는 노자에게조차도 스승은 삶의 자세야말로 천하의 일이라는 마지막 가르침을 남긴다. 삶이란 그리도 무거운 것일까?

박병두의 『해남 가는 길』을 읽으며 허균과 『한정록』의 한 구절을 떠올린 것은 충분히 자연스러운 일이 아닐 수 없다. 다

재와 다정을 갖춘 시인과(머리시 「자화상」을 보라) 삶의 자세를 지속적으로 묻는 시집이 호출하고 있으니 말이다.

2.

고향 지날 때 수레에서 내리기.

노자는 이를 고향 잊지 않기라고 풀었다. 고향을 잊지 않는다는 말은 무슨 뜻일까? 고향이란 말에는 여러 겹의 층이 쌓여 있다. 먼저 그곳은 익숙하고 편안한 곳이다. 그 곳에서의 생활 방식이, 의식과 무의식의 향배가, 그리고 말의 질서와 쓰임새가, 몸과 마음과 입에 착 달라붙기에, 대부분의 경우 더할 나위 불편한 지금 낯선 곳에서의 생과 대비하여 겹쳐 두고 수시로 불러낸다. 그 특수성이 한껏 과장될 때 우리는 그것을 향토 혹은 토속이라고 부른다. 한편 고향은 영원한 그리움의 대상이기도 하다. 온 세상의 종족이 역사의 유년기를 유토피아로 상정하는 것처럼 대부분의 사람들은 어린 시절을 보낸 고향을 가없는 그리움의 정서 속에서 환기한다. 그 삶이 넉넉했든 팍팍했든, 구체적인 편린들이 사라졌든 남아 있든, 그리움 속에 함뿍 담는다. 또한 고향은 생의 근원적 규정이기도 하다. 그곳은 단지 물리적 공간을 넘어서 인문지리적 환경 및 사회역사적 배경과 더불어, 그곳을 고향으로 갖는 사람들을 즉자적 · 대자적으로 규정한다. 이 규정성은 삶이 부평초와 같아진 지금의 나날에도 생이 종점에 이를 때까지 지속되는 것이 보통이다. 대자적 인식 속에서 생의 출발점은 바로 현재적 생의 존재 근거를 끊임없는 묻고 답하는 잣대가 된다. 노자의 고향 잊지 않기란 아마도 이를 두고 이르는 것일 터이니 고향이란 결국 현재의 다른 이름이기도 하다.

『해남 가는 길』의 화자가 태어나 자란 곳은 물론 전라남도 해남이다. 그러나 그렇게 말하기에는 전남에서 가장 큰 행정 구역인 해남 땅이 너무 넓다. 좀 더 자상한 눈길로 살펴보면 시집 속에 상공리, 덕호리, 연호리, 금송리, 해월리, 초송리, 우황리 등 정겨운 리 단위의 명칭들이 보인다(리 단위의 지역 명칭은 어찌 그리 한결 같이 정다운 것인지!). 이쯤 되어야 '고향'이라 할 만할 것인데, 이들은 모두 해남군 산이면과 황산면에 있는 마을들이다. 산이와 황산은 해남 읍내에서 오른쪽, 그러니까 진도나 목포를 향해 나가는 길 쪽에 있는 곳으로, 공룡 유적지가 있는 우황리(우항리)를 제하고는, 내륙의 외지인들이 쉬들를 수 있는 곳들이 아니다. 서해 바다에서 끝도 없이 많은 크고 작은 물길들이 스며들어 논밭 사이를 갈라놓는 곳이다. 해남 읍내를 거쳐 국도를 타고 땅끝으로 가는 관광객들의 귀에는 좀체 들리지 않는 바닷물 소리가 『해남 가는 길』에서 쉼 없이 철썩거리는 것은 그 때문이다.

신록으로 무장한 고향 들녘에 일어서는 풀과 같이, 곱게 물든 단장(短牆)들을 지나, 고향의 추억을 떠올리며 황토 흙먼지 일으키고 해남으로 달려간다. 어머님 병환으로 눈물 흘리며, 리어카 거북이걸음도 바쁘게 울던 날, 유년의 아픈 추억들을 클래식 선율에 실어 해월리 바다에 묻는다. 어머님 밥숟가락으로 호되게 밥 먹던 누나의 세월도 옹고집으로 울어대며, 뱃머리언덕에서 줄행랑치던 등굣길, 내 추억의 바다는 이제 없다. 깊은 잠에 취해 있는 밤, 무엇이 서러워 옹달샘은 멈추지 않고 바다로 애정을 다 흘려버렸을까, 밤새워 연애하던 친구 하나둘 소식과 동네어른 안부를 물어볼라 치면 철썩철썩 파도가 모래사장을 휩쓸고, 밀물썰물 다녀간 뒤로 하나둘 사라진 추억, 해남 가는 자동차는 어깨를 들썩이며 흐느끼고 있었다.(「어디로 갔을까」부분)

해(海)와 육(陸)이 접한 이곳에서의 삶이 어떠했을까는 그야말로 불문가지이다. 위 인용시에서도 보이듯 그것은 병환과 눈물과 아픔과 서러움과 흐느낌과 그리고 죽음과 등가이다. 그럼에도 시인은 "풍요로움으로 가득 찬 인정들", "향수보다 짙은 우리만의 노래", "살 부대끼며/애정을 나누던 시간"으로 애써 기억하며 「설원」, 「자취방」, 「소풍」, 「뱃머리 바다」의 세계를 불러낸다. 이 모순은 오로지 그곳이 고향'이기 때문'이다.

이 고향은 그러나 지금의 시인에게는 부재중이다. "나는 길을 잃어버렸다.…낯선 도시의 신작로/어둡고 긴 터널길로 나섰기 때문이다." 그런데 그 신작로 끝, 터널길 밖에서 시인은 어떠한가? 시인은 스스로를 들꽃이라 부르며 "들꽃이여, 유랑의 시간이 즐거운가"라고 중얼거리듯 반문의 형식으로 답한다.
도대체 "생이란 어차피 모천을 찾아가는/연어 한 마리의 일생"
혹은 "저물면 새떼가 갈대숲에 내려앉"는 것과 같은 것이라고
생각하는 사람에게 이향(離鄕)의 삶이 즐거울 리 없다. 그러하
기에 그 마음은 바로 고향을 향한다.

> 해남 가는 길
> 소금꽃 끝없이 피어나는 가슴
> 낙타등 같은 하루를 두드리며
> 해남 가는 길
> 발바닥에 물집 잡히듯 잡히는 그리움
> 해남 가는 길
> 가면 갈수록 끝없이 목마른 그 길
>
> ─「해남 가는 길」 부분

　아쉽게도 그는, 그러나 거의 모든 이들이 그러하듯이, 온전
히 해남으로 자신을 보내지 못한다. 해남으로 가는 것은 '그리
움'뿐이다. 머리는 해남에 가 있지만 몸은 의연 '낯선 도시의
신작로'에 머물 수밖에 없다. 사정이 그러하니 가면 갈수록 목
마른 길이고, "끊어질 수 없는 길"이지만 동시에 "끝날 수 없는
길"이다. "몇 켤레 그리움을 갈아 신으며" 갈 수 있을 뿐이고,
오롯이 그리움만이 남을 뿐이다. 하기야 돌아갈 수 있다면, 가
서 그리움을 지워낼 수 있다면, 누군들 '예전 고(故)'자를 써서

고향이라 부르겠는가?

형언할 수 없는 그리움만을 남긴 채 시인은 자신의 삶을 자기 조정할 수밖에 없다. 그것이 '고향 지날 때 수레에서 내리기'의 참 모습이다. 고향 잊지 않기 혹은 해남 사람으로 살아가기의 온당한 자세이다. 그리움으로 가득 한 해남 가는 길은, 현실에서는 "순풍이 사라진 바다⋯해난의 길"이다. 다소 극적으로 말하자면, 바닷가에 붉게 피어난 해당화를 바라보면서 "누가 저리 피 철철 흘리며 갔나"를 떠올리는 곳이다. 그 정점에 "금남로에서 총알 밥이 되어간/대학생이었던 사촌형이 스스로 분신하는지" 오월과 비명이 불타올라 "마늘 순마저/붉디붉게 타오르"는 고향이 있다. 그러나 이를 두고 우리 현대사의 비극적 사건만을 떠올리는 것은 과도한 독법 혹은 근시안적 단견이리라. 죽음의 너울이 깊게 일렁이는 땅의 역사를 만들어낸 것은 보다 근본적으로는 호남이 겪은 근대 백년의 격동일 것이고 나아가서는 누천년 이곳에서 살아온 민초들의 숨결이었을 것이다. 이 격동과 숨결이 지금 시인의 삶을 근원적으로 규정할 터인데, 그러나 시인은 더 이상의 말을 아낀다. 아무리 곡진하다 하여도 그 이상은 사족이요 췌언이라는 것일까? 대신 그 자리에서 시인은 "저 죽음마저 삭히고 삭혀/기어코 죽음을 툭툭 털고 일어나/녹음방초로 부활하기 바란다"고 말한다. 그것이 "불멸의 사랑", "불멸의 청춘"으로 가는, 곧 "불멸의 길"임을 선언한다.

3.

높은 나무 아래에서의 종종 걸음.

노자는 이를 노인 공경하기라고 풀었다. 노인 공경하기란 무엇일까? 인간과 가장 닮았다고 하는 영장류에서조차 늙은 개체는 공경의 대상이 아니다. 커녕 뒷전으로 밀려나 모진 배제와 하대에 놓이기 일쑤이다. 인간사에서도 이는 그리 드문 일이 아니지만 그럼에도 윤리적 층위에서는 존경의 대상이 된다. 문명이란 것이 집적 위에서의 전진을 전제로 하기 때문이 아닐까? 이것이 극점에 이르면 노인은 마침내 절대적·초월적 존재로 화하게 된다. 전란의 와중에서도 신줏단지를 목숨처럼 모시고 다닌다든지 이스라엘의 족장이 늘그막에 얻은 외아들을 번제의 희생물로 선뜻 내놓을 수 있었던 것은 필경 이 같은 맥락에서일 것이다. 그러나 이처럼 인식의 결정화 과정에서만 윤리를 생각하는 것은 대체로 부로(父老) 즉 아비로 표상되는 측면만을 살피는 반쪼가리에 지나지 않을 터, 늙은 어미에 대한 다함없는 공양은 또 무엇인가? 문명화의 인자로서의 아비와 달리 어미는 바로 생명이다. 나의 생을 존재하게 한 근원이니 그것은 아비의 맥락보다도 오히려 더 근본적이다. 그리고 무의식에 닿아 있는 즉자적 존재이자 감성적 존재이고 직접적으로 대타화된 표상이다. 우리의 오래된 이데올로기적인 진술에서는 이 둘을 합하여 '부생모육지은'이라 일렀지만, 여기서

생·육의 각각의 주체를 따지는 것은 부질없는 일일 터이고, 결국 노인 공경하기란 시간의 축 위에서 사회화된 종족의 구성원으로서의 '나'와 생물학적인 개체로서의 '나'의 의미를 새삼 묻는 행위가 될 것이다. 그 점 공간과 연관된 '고향'과는 대비되면서 또한 상보의 관계에 놓인다.

이 같은 관점에서 볼 때 『해남 가는 길』의 특징은 어머니가, 그것도 어머니의 죽음이 모든 것을 압도하고 있다는 사실이다. 아버지의 모습은 「아버지의 전화」에서처럼 아들을 걱정하거나 혹은 지청구를 하는 모습으로 가끔 전경화하기도 하지만 기본적으로 실루엣처럼 존재한다. 대신 집안의 살림과 가족의 생계 그리고 생육과 교육을 도맡고 있는 것은 어머니이다. 시인은 끊임없이 그런 어머니를 내세우고 또 고생 끝에 영결한 어머니에게 애틋함과 죄송함을 숨김없이 전한다.

마른 가지처럼 야윈 어머니
그 주름진 손 한 번 변변히 잡아드리지 못하고
고향 떠나던 날
하늘이 대신 진눈깨비로 울어주었네.

첫 월급 타서 내의 사드린다는 약속
회오리바람에 휩쓸려 날아가버리고
처음이자 마지막으로
누런 상여 옷 한 벌 해드렸네.

눈송이처럼 가벼워진 어머니
어이야 디이야 땅 아래 쌓이고
언 땅에 누이고 돌아오니
하늘이 먼저 아시고 흰 이불 덮어주셨네.

　　　　　　　　　　　　　　　 ―「눈길」 전문

　오버랩되고 있는 내의와 수의와 흰 눈은 어머니의 고생스러운 일생, 그리고 거기에 시리게 바치는 때늦은 보은의 표상이다. "거센 파도는/슬픔의 푸른 갈기를 달고/방문을 두들기며 서럽게 울다가/바다로 돌아"간다며, 어머니를 두고 시인은 끝없는 자책감을 드러낸다. 어머니의, 죽음에 대한, 지속적인 그리움과 자책감이 도드라진 데는 아마도 시인의 개인적 사실이 크게 작용하였다고 하더라도 실은 피할 수 없는 결과이기도 하다. 아비와 달리 어미는 직접적이고 또한 감성적인 대상이며, 저 무정형과도 같은 생의 표상이기에 '살아있는 어머니'는 송가의 대상은 될지언정 시적 대상으로는 성립하기 어렵다. 고전적인 품격으로 지어진 위당의 「자모사」가 그러하고 반짝이는 슬픔으로 형용된 박재삼의 「추억에서」가 또한 그러하다. 문제는 아비의 부재인데, 이는 고향이 그리움으로 호출되는 사실과 안팎을 이루는 것이지만, 이 또한 우리 시사가 일반적으로 내보이는 양상이어서 『해남 가는 길』의 시인에게 탓을 물을 수 있는 것은 물론 전혀 아니다.

4.

약한 혀와 강한 이.

　노자는 이를 약한 것은 남고 강한 것은 사라진다고 풀었다. 좀 더 일반적이고 노골적으로 표현하자면 부드러움이 딱딱함을 이긴다 라고 해야 할 것이다. 이른바 유능제강(柔能制剛)이다. 물방울이 바위를 뚫고 나무뿌리가 돌을 파고드는 형국이다. 삶의 역설적인 진리를 드러내는 말이니 그 결과에 방점을 두는 것이 아니라 그에 이르는 과정 혹은 자세를 내세우고자 하는 것임은 물론이다.

　『해남 가는 길』 특히 제2부는 고향과 어머니의 무게를 잠시 내려놓은 시인의 모습을 보여준다. 그 중에는 경찰관으로 살아가는 시인 자신과 그 동료들의 애환과 고뇌가, 혹은 그의 반려자나 혈족에 대한 사랑이, 또는 힘겨운 나날을 보내는 이웃에 대한 따스한 시선이, 때로는 재미있게도 뉴타운 정책 같은 현실적 문제들에 대한 날선 발언들도 있지만, 그 요추에 있는 것은 다름 아닌 '나'이다. 서정시가 근본적으로 나의 예술인 이상 이 사실 자체야 그리 대수로운 것일 수 없다. 문제는 그 자세와 정서일 터.

　　겨울,
　　빈 벌판 같은 휑한 가슴들
　　눈물로 출렁이고 출렁여

은빛 이랑 하나 이루었네.
세상에
누구인들 울면서 태어나지 않았겠느냐.
누구인들 홀로 울어보지 않았겠느냐.

—「혼자 울지 않기를」 부분

이 같은 세계 인식과 자아 설정은 적어도 시집 내에서는 완강하게 유지되면서 『해남 가는 길』을 지배하고 있다. 주로 어둠이나 겨울 혹은 험상궂은 바다로 표상되는 세계에 맞서는 시인에게 세상살이는 "거친 파도 위에서 원치 않던 험난한 항해"이고 항해하면서 "바람과 싸우"는 일이다. 그렇기에 "삶은/한낱 세상과의 끝나지 않은 싸움"이며 그 속에서 필경은 "누구나 한번은 홀로 걸어가야 하"는 길이 된다. 그런 만큼 세상을 같이 하는 타인들과의 관계는, 오고 가는 상하행 철로처럼 "서로 다른 방향으로 나 있"는 길, 혹은 "회신해 주지 않"는 질문과도 같은 것 또는 "사랑과 이별의 애잔한 그리움이 교차"하는 양상이 된다. 결국 가장 큰 적은 험난한 세상도, 고달픈 나날도 아닌 바로 외로움이다.

외로움의 경도(硬度)는 만만치 않아 보인다. "나는 하염없이 기다린다"라거나 "내 어리석음을 그윽하게 바라보는/그런 사람을 만나고 싶다"는 차라리 통상적으로 보일 정도이다. 때로는 "단단히 입을 다물고 있는 우편함 속에서/열리기를 기다리는" 마음과 같은 견고한 심상을 만들어 내기에까지 이른다.

그런 눈길로 바라보는 세상은 "신음을 음표로 삼아/침묵의 노래를 부르고 있"는 세계이어서 "빈 거리에 비바람 불고/어디론가 끝없이 사람들 날려가네.…오늘은 어느 길 잃은 새가/둥지를 잃고 비에 젖는가"라는 탄식과도 같은 목소리를 자아낸다. 이 비관과 탄식은 자칫 시인의 영혼을 상하게 할 수도 있는 것이어서 치유의 기제가 필요하다. 도저한 고독으로 인한 폐쇄와 비탄을 어떻게 넘어서야 할 것인가? 그 지양이 처세론적인 담론이나 인생론적 명제 혹은 의례적인 자기 위로나 자기기만으로 이루어질 수 없음은 자명하다. 무엇을 할 것인가?

> 찬바람이 쓸고 간 겨울밤
> 어느 이름 모를 사내들과 술잔을 피해 걸어간다.
> 벽면 유리틀 사이로
> 내 몸 일부가 삶에 끼워지고
> 투시한 내 모든 감성들이 쓰이면서
> 날이 무딘 시어들을 쩍쩍 긋고 수정하면서
> 내 고독은 이름하여 슬픈 얼굴이 되었다.
> 책상 유리면에 반사된 얼굴과 마주하고 소주잔 두 개를 놓고
> 대화를 나누는 동안
> 겨울밤은 깊어만 갔다.
> 거리의 네온사인 불빛처럼 점멸하는 시어들
> 밤하늘엔 눈송이들이 날리고
> 눈은 쌓이고 쌓여
> 온 세상이 새하얀 원고지처럼 덮이고
> 겨울밤, 나는 시 한 편을 쓰고 있다.

그것이 바로 시 즉 문학이었다. 세상 만물과 나와 성정을 모두 원고지에 쏟아 부음으로써 시인은 거짓 없는 균형을 찾을 수 있었다. 그러니까 박병두에게 문학은 그 어떤 것도 아닌 자기 고백이자 자기 치유이다. 그러하기에 "빗물과 함께 흘려보내는 사람들의 눈물 속에는/욕심도 집착도 분쟁도 분노도 없다."는 진술은 더할 나위 없이 진솔하고 절실하다.

세상과 맞선 시인은 위태로운 경로를 통해 고백이자 치유로서의 문학에 도달하고 그로써 자신을 비울 수 있었다. 물론 그 비움이 얼마나 영속적일지는 그 누구도, 심지어는 본인도 장담하지 못하리라. 그러나 이 대목에서 우리는 문득 아무 것도 하지 않는 문학의 힘을, 텅 비움의 위력을 보는 것이니 이와 유능제강 사이에는 참으로 틈이 없을 것이다.

5.

뱀을 그리다가 발까지 그려 술잔을 앗긴 종의 이야기를 우리는 잘 알고 있다. 복숭아나무 오얏나무는 아무 말을 하지 않아도 그 밑에는 길이 난다는 것까지도[桃李不言,下自成蹊]. 기껏 더 해 볼 수 있는 일이란 해남 바닷가의 푸른 물결이나 한 번 더 보는 것이었을 것을. ▨